魔法少女奇遇記 5

迷路的小狗和魔法戒指

ひみつの魔女フレンズ 5巻
まいごの子犬と魔法のリング

著✦宮下惠茉
繪✦子兔
譯✦林謹瓊

「朋友」是什麼呢？
相聚的時候會超級開心，
開心到讓人忘記時間的流逝，

因為
那個人對你來說，
是無可取代的
好朋友。

但是，為什麼有時候
心裡會浮現不安呢？

不過，
相信一切都會迎刃而解。
因為我們是永遠的好朋友！

目錄

Contents

【第2章】露歐卡的故事

人物介紹
Character

★・人類世界・★

山野薰

擁有神奇的魔法卡片，
憧憬魔法的
小學四年級生。

奏太

小薰的青梅竹馬。

巧克力

奏太最近剛飼養
的小狗。

魔法卡片

具有魔力的卡片，能通往魔
法大道並購買魔法道具。

魔法大道

林立著魔法商店的街道，不過，
每次去魔法大道只能買一樣商品。

人物介紹 Character

魔法世界

露歐卡

熟知所有魔法的魔女，
魔法學校四年級生。

香草

負責照顧露歐卡
的使魔。

??

露歐卡的
同班同學。

蜜歐娜

露歐卡的母親，
魔法世界裡魔力
最強的魔女。

歐奇托

露歐卡的父親，
曾經是有名的
魔法師。

前情提要

小薰無意間撿到了一張魔法卡片，因此跟卡片的主人魔女露歐卡成為朋友，個性截然不同的兩人一起到魔法大道逛街，遇到危機時互相幫助，感情也越來越好！因為魔法筆記本快寫完了，小薰打算和露歐卡一起去買新的筆記本，卻發生了一件令人意想不到的事……

第1章

小薰的故事

1

小狗巧克力

「呼，終於完成啦！」

小薰看著剛做好的兩條手鍊，臉上露出喜悅的笑容，由紫色和藍色珠子串成的手鍊，在陽光下閃耀著光芒。

「嘿嘿，真可愛！」

最近，班上很流行自己做手鍊，這幾天，小薰完全沉浸在串手鍊的世界裡。

「我要把這條手鍊送給露歐卡，她一定會很開心！」

小薰不經意看了一下時鐘，結果嚇一大跳。

「糟糕，已經這麼晚了！」

她急忙收拾好桌上的珠子後，行色匆匆的跑向大門。

「我出門了！」

其實媽媽不在家，因為她去工作了。不過，小薰每天出門前還是會打招呼，這是她從小養成的習慣。

小薰鎖好門，加快腳步離開大樓，跑向車站前大馬路旁邊的小巷子，不知不覺間，腳步變得又輕快又雀躍。

因為小薰和她的魔法師朋友露歐卡約定好，今天要一起去魔法大道逛街買東西！

「今天要買什麼魔法道具呢……啊，對了！」

小薰停下腳步，從包包裡拿出一本筆記本，那是「加百列天使的聊天筆記本」。

上次跟露歐卡去魔法大道時，小薰買了這個魔法道具，一組有兩本，她們各自收藏一本。無論兩人相隔多遠，只要在筆記本裡寫下想說的話，這句話就會立刻出現在對方的筆記本上。

昨天，露歐卡傳送訊息給小薰，約在魔法大道會面。露歐卡原本向學校請了長假，但最近又開始回學校上課了，所以，沒辦法像之前一樣經常來找小薰玩。

這個時候，聊天筆記本正好派上用場，因為很少時間見面，所以她們總會透過筆記本聊個不停，因此，筆記本的空白頁已經所剩無幾。

「決定了，今天一定要買到新的聊天筆記本。咦？」

小薰看見前方不遠處有個男孩，牽著一隻活潑的褐色小狗。

「那件藍色上衣有點眼熟，該不會是……。」小薰追上前，向男孩大喊：「奏太！」

奏太是小薰的青梅竹馬，和小薰同班，奏太聽見有人叫喚他，便停下腳步看向身後。

「小薰！妳在這裡做什麼啊？」

小薰一時之間不知該如何回答，只能慌張的笑了一下。

「呵呵，沒什麼啦！對了，怎麼會有小狗呀？你之前有養狗嗎？」

奏太聽見小薰這麼問，一邊安撫著想往前衝的小狗，一邊回答：「我奶奶住在隔壁小鎮，這隻小狗應該是迷路了，自己跑進我的奶奶家。

「原來如此，是迷路的小狗呀！好乖好乖，你好嗎？」小薰彎下腰，對著在原地興奮繞圈的小狗打招呼。

只見小狗不再躁動，雙眼睜得又大又圓，歪著頭好奇的看著小薰。

牠全身毛茸茸的，有著一身深棕色毛髮，只有兩隻前腳是白色的，模樣十分可愛，脖子上的紅色項圈非常適合牠。

小狗將鼻子湊到小薰手指前嗅了嗅，尾巴不停的左右搖擺。

「因為我奶奶行動不太方便，沒辦法帶牠出去散步，就把牠送來我們家了。現在，帶牠散步的工作就由我來負責啦！」

「原來是這樣呀！你不是一直都想養狗嗎？現在願望實現了，你一定很開心！」

「這麼說也是啦！」奏太看起來相當幸福。

「牠叫什麼名字呢？」

這時，小狗對於聞小薰手指這件事似乎已經失去興趣，開始在奏太腳邊不停的轉圈圈，像是在催促主人快點帶牠去散步。

「牠叫巧克力，是我取的名字，因為牠的毛色就像巧克力一樣。雖然我每天都很認真的照顧牠，不過牠真的很調皮，總是聽不懂我在說什麼。」奏太露出沮喪的表情說道。

「真的嗎？可是我覺得牠很親近人呢，超級可愛的！」

「是這樣沒錯，但是牠常常自己到處亂跑……啊，巧克力！這樣很危險啦！」

奏太原本打算把巧克力抱起來，沒想到牠竟然從他的手裡掙脫，往外衝了出去。

「哇，別跑啊！」奏太手裡還抓著牽繩，被牠用力一拉，跌跌撞撞的往前跑。

「小薰抱歉呀，我先走了！」奏太就這麼被巧克力拖著，越跑越遠了。

「真羨慕！我也好想養狗喔！」

小薰的班上有不少同學家裡有養狗，像是好友亞美家有一隻黃金獵犬，花音則有一隻像玩偶般可愛的貴賓狗。

麗奈家沒有養狗，但是養了一隻圓滾滾的棕色貓咪。仔細想想，連露歐卡的身邊也有一隻老鼠使魔——香草，雖然那應該不算寵物。

小薰住的那棟大樓禁止飼養寵物，所以她什麼都不能養。

「我也好想有自己的寵物！」

小薰這麼想著，突然想起一件重要的事。

「啊！糟了，我得趕快去魔法大道跟露歐卡會合才行！」

於是，小薰立刻奔向前方。

2

魔法卡片的祕密

小薰將魔法卡片貼在老舊的紅磚牆上，用力一按，轉眼間便來到林立著許多魔法商店的魔法大道。

街上有不停製作刨冰的雪人，也有像馬戲團成員般，在店門前表演特技的小矮人，繽紛又熱鬧的景象讓小薰看得入迷。還有一群髮色會不斷變化，可愛亮眼的女孩正在

悠閒的逛街，整條魔法大道宛如夢境，令人目不轉睛。每次來到魔法大道，都能發現不同的驚喜，真令人充滿期待。

「今天要從哪裡開始逛呢？」小薰興

奮又雀躍的掃視著每家店的櫥窗，這時她聽到一個聲音。

「小薰！我在這裡！」聲音從她的後方傳來。

小薰轉過頭，看見露歐卡正坐在七彩

噴水池旁對她揮手。

「不好意思，讓妳久等啦！」小薰一邊向露歐卡道歉，一邊朝她跑去，露歐卡俐落的一躍而起，站在噴水池前。

「我也剛到沒多久啦！」

露歐卡說完，香草便從她的披風裡探出頭說：「妳確定嗎？妳剛才明明就一直抱怨小薰怎麼還不來，一直等到現在呢！」

「真的嗎？」

小薰這句話讓露歐卡頓時語塞，迅速的把香草塞進披風裡。

「不要管香草說的話，我們快點走吧！」露歐卡自顧自的往前邁步。

「嘿嘿，露歐卡真是愛逞強！」小薰偷笑了一下後，追上露歐卡的腳步。

「話說回來，要有魔法卡片才能買東西，不過，露歐卡的那張魔法卡片卻在我這裡。」小薰心想。

於是，小薰停下腳步，開口問道：「露歐卡，妳的魔法卡片一直放在我這裡，不用還妳也沒關係嗎？」

露歐卡停頓了一下，說：「真是少見多怪。」說完又繼續快步向前。

「沒關係，我根本就不需要

魔法卡片，妳就放心使用吧！」

「可是……。」

「妳——聽——好——了！」露歐卡再次停下來，回過頭，一臉不悅的說：

「我不是說過了嗎？我不需要任何魔法道具就能施展各種魔法，而且，魔法卡片並不能借給別人用，妳知道被發現會有什麼後果嗎？」

小薰搖搖頭。

「如果妳把魔法卡片還給我，妳就再也不能來魔法大道了！不僅如此，身為人類的妳，關於魔法的所有記憶都會被消除。」

「什麼！真的嗎？」

露歐卡用力點點頭，直盯著小薰說：「那妳還想要把魔法卡片還給我嗎？就算忘記我和香草也沒關係嗎？」

「不行不行！絕對不行！我不知道會有這樣的後果。」儘管小薰急忙解釋，露歐卡還是噘起嘴巴，頭也不回的往前走。

「哎呀，又惹露歐卡生氣了。」

小薰從包包裡拿出魔法卡片，神情專注的凝視著它。自從擁有這張卡片後，小薰的生活充滿了許多樂趣。

以前，小薰總是覺得自己沒有什麼值得誇耀的地方，但是現在完全不一

樣了，因為她認識了一位魔法師朋友——露歐卡。

「原來如此，如果把魔法卡片還給露歐卡，以後我們就再也不能見面聊天了。」

小薰一想到會發生這種事，心裡便感覺悶悶的，心想：「我不想要變成這樣，因為露歐卡對我來說是非常重要的朋友！」

獨自走在前面的露歐卡突然停下來，回頭看著小薰。

「妳在發什麼呆？快點走吧！」

「明明就是露歐卡不等我啊！」

雖然小薰這麼想，但奇妙的是，心裡卻一點也不生氣。如果說這句話的人是學校的其他同學，小薰一定會不開心，但因為是露歐卡，所以不覺得反感，因為這就是露歐卡最真實的模樣。

「露歐卡，等等我呀！」小薰一邊喊著，一邊快步追了上去。

「妳今天想買什麼呢？」露歐卡似乎恢復了好心情，語氣輕快的問道。

「我想再買一本聊天筆記本。」

「什麼？妳要買一樣的東西？」露歐卡聽見小薰的回答後睜大了雙眼。

「有了聊天筆記本，就算平常不能見面，我們還是可以聊天，我覺得很棒呀！」

「喔。」露歐卡裝作一副若無其事的樣子，輕輕回應一聲，但難以掩藏的笑容將她的好心情表露無遺。

「呵呵呵，露歐卡明明就很高興。」小薰低聲說著。這時，旁邊的一家商店吸引了她的目光。

那是一家被爬牆虎藤蔓覆蓋的魔法商店，整棟建築物彷彿藏身在森林中，門口擺放著長頸鹿、大象、無尾熊和貓熊玩偶，不過這些可不是普通的玩偶，它們會靈活的做出各種動作。

店門連著一間有整面玻璃落地窗的小屋，屋裡有一些動物小寶寶，正在搖搖晃晃的練習走路。

一眼望去，有些看起來像兔子、有些像小狗、有些像貓咪、有些長得像狸貓。除了這些常見的動物，也有一些小薰從未看過的動物。有些尾巴末端燃燒著小小的火焰，有些則是背上長著翅膀。

「露歐卡，這裡是不是魔法寵物店啊？」

「嗯……這應該說是寵物店，還是使魔商店呢？」露歐卡聳聳肩疑惑的說。

露歐卡話還沒說完，小薰便迫不及待的抓起她的手。

「我們進去看看吧！」

於是，兩人走進了這家店。

3 使魔商店與魔法戒指

一走進店裡，小薰覺得這裡跟她平時逛的寵物店沒什麼不同，不過，仔細一看，店裡的商品卻有點特別。像是「使魔專用訓練肉乾」、「龍寶寶專屬籠子」、「獨角獸磨角用具」等，看得她一頭霧水，完全不清楚這些東西有什麼用途。

「露歐卡，妳該不會也是從這

家店買到香草的吧？」

小薰才剛說完，就看到香草滿臉通紅的從披風裡跳出來，搶先在露歐卡之前回答：「嘿，小薰，別把我當寵物看好嗎？我可是有正統來歷的使魔呢！」

「有正統來歷的使魔？」

就在小薰提出這個疑問時，旁邊一位男孩神情興奮的大喊：

「太好了，是蝙蝠！」

只見他手裡的魔杖飄浮在半空中，停在一個蝙蝠籠子前。

香草說：「看清楚啦！這裡跟人類世界可不一樣，不是自己挑選喜歡的使魔，而是由魔杖來引導妳，找到最適合妳的使魔。」

「哇，由魔杖來引導！但是，如果我想要的是兔子，魔杖卻選擇了蟾蜍呢？」

對於小薰的問題，香草一臉理所當然的點點頭說道：「當然要選蟾蜍啊！因為這表示蟾蜍才是最適合妳的使魔。」

「怎麼會這樣？」小薰皺起眉頭，露出不情願的表情。

這時，露歐卡認真的補充說明：「使魔並不是寵物，對魔法師來說，使魔具有特別的意義，魔法學校裡的每一位學生，都會根據目前的魔法等級，在這間店尋找與自己最契合的使魔。說得誇張一點，這可是一個會左右命運的重大決定呢！」

「喔，原來如此。」

「我真的是太沒有概念了，竟然把使魔當成寵物來看待。」小薰在心裡暗自反省後，再次認真的環顧商店。

店裡除了有張開大大翅膀的飛馬，還有長得像豆丁海馬的迷你龍，甚至還有手掌大小的獨角獸。

「這麼小的使魔，說不定我也能帶回家養？」小薰內心冒出這個想法。

「提醒妳一下，魔法世界的生物可不能擅自帶到人類世界，當成寵物飼養喔！」露歐卡像是看透小薰的心思，在一旁緩緩的說出這句話。

「我……我知道啦，我又沒有那樣想！」小薰立刻慌張的否認，但臉頰卻微微泛紅，她忍不住默默嘀咕：「露歐卡怎麼老是能猜中我的想法呀？」

兩人繼續在店裡閒逛，櫃檯旁展示著一枚閃亮的可愛戒指，立刻吸引了小薰的目光。

「這是什麼呀？」

小薰走近一看，戒指上面的小標籤寫著「所羅門的聊天戒指」，標籤的背面則是使用說明書。

魔法使用說明書

跟任何動物都能輕鬆對話！

所羅門的
聊天戒指

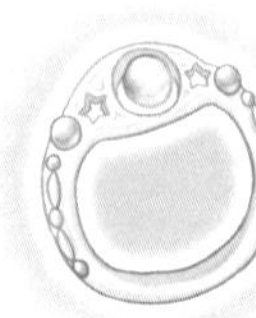

魔力 ★★

效果

戴上這個戒指，不管遇到什麼動物，都能與牠輕鬆對話。

持續時間

戴上戒指就能發揮功效，總計可使用三十小時。

注意事項

① 使用範圍僅限半徑一公尺以內的動物。

② 使用超過三十個小時後，魔力便會消失，魔力消失後的戒指可以當作普通飾品配戴。

「這個感覺好厲害！只要戴上戒指，就能和動物聊天耶！」

聽見小薰興奮的喊叫，露歐卡一臉不以為然的說：「可以和動物說話有這麼值得驚訝嗎？妳不是也常常和香草聊天嗎？」

「說的也是，在魔法世界裡，就算動物會說話也不足為奇。」

小薰說完後，香草從披風裡冒出來說：「因為妳拿著露歐卡的魔法卡片，而我是露歐卡的使魔，所以我們才能對話，畢竟人類通常是無法和動物交談的。」

香草的這番話讓露歐卡睜大了眼睛，隨即問道：

「那麼，在人類世界裡，當動物身體不舒服時，牠們都是怎麼表達的呢？」

被露歐卡這麼一問，小薰疑惑的眨了眨眼。

「咦，我從來沒想過這個問題。」

人類在身體不舒服的時候會去醫院，把症狀告訴醫生後，就能透過吃藥或打針獲得治療，但是動物卻沒辦法這樣與人類交流。

「我沒有養過寵物，所以不太清楚，我想應該是看飼主能不能主動發現吧！」小薰只能靠猜測回答這個問題。

露歐卡聽了聳聳肩說：「那麼，萬一人類沒有發現，動物就只能一直處於痛苦之中嗎？好可憐。」

「對呀，如果人類世界的動物也能說話就好了，這樣飼主就能更了解牠們的需求。」

小薰沮喪的低下頭，突然冒出一個想法。

「對了，只要有這個戒指，就能知道奏太家的巧克力在想什麼了！」

如果能知道巧克力的心聲，奏太和巧克力的感情應該就能變得更好，小薰覺得這個方法值得一試。

「我要買這個戒指！」

露歐卡對小薰的決定感到十分驚訝。

「妳今天不是要買聊天筆記本嗎？」

「嗯……我本來是這麼打算的，但是筆記本還剩一些空白頁，下次再來買。露歐卡，我可以先買這個戒指嗎？」

露歐卡欲言又止，接著無奈的說：「我已經說過很多遍了，妳想買什麼就買吧！」

露歐卡說完便把臉轉向一邊。

「咦？露歐卡生氣了嗎？」

小薰不太明白露歐卡為什麼突然不開心，但是，現在她心裡只掛念著買戒指的事，於是毫不猶豫的把戒指拿在手上。

「不好意思，我要買這個。」

小薰把戒指遞給櫃檯的大叔，他面帶微笑，壯碩的體型加上圓滾滾的肚子，看起來就像一隻可愛的大熊玩偶。

「這個戒指的使用方法很簡單，把它戴上就行了，而且馬上就能開始使用，其他注意事項請仔細閱讀使用說明書喔！」

大叔彬彬有禮的用雙手接過小薰遞來的戒指，他的嗓音相當沉穩，語氣中帶著一股溫柔的感覺。

「謝謝購買，金額是四魯恩。」

小薰從包包裡拿出魔法卡片付款。

「好的，收您魔法卡片。」

大叔一樣以雙手接下卡片，接著他將戒指放入紙袋，最後繫上紅色的蝴蝶結。

「刷！」大叔將魔法卡片放進刷卡機，隨即傳來一聲清脆聲響，宛如流星劃過夜空，響亮又悅耳。

「收到了四魯恩，感謝您的惠顧。」滿面笑容的大叔將卡片與紙袋遞給小薰。

小薰伸手接了過來，心中充滿期待。現在不僅能和奏太家的巧克力對話，偶爾遇見的那隻黑貓，上學時經常看到的小狗，還有亞美家的寵物……說不定都能跟牠們聊天了！

一想到這裡，小薰就忍不住想快點試試看，但是，小薰還想跟露歐卡再玩一下。

「我來問問看她要不要跟我一起去人類世界。」

正當小薰急著回頭找露歐卡的時候……。

「這位客人！」大叔突然叫住了小薰，讓她嚇了一大跳。

「啊？有什麼事嗎？」

「他該不會發現我是人類吧？」小薰戰戰兢兢的轉過頭，看見大叔禮貌的對她微笑。

「因為您的卡片餘額變少了，提醒您下次要買東西時，要注意價格喔！」

「喔，這樣啊！我知道了，謝謝你的提醒。」小薰鬆了一口氣，向大叔點頭致謝。

「也對，買了東西後，卡片裡的儲值金額就會減少，要不要把這件事告訴露歐卡呢？」小薰看著手中的魔法卡片默默想著。

雖然小薰冒出了這樣的想法，但是，想到剛才的情況，她覺得露歐卡今天的心情好像不太好。

「下次再跟她說吧！」小薰決定打消這個念頭，快步跑到露歐卡的身邊。

「久等啦！」

小薰向露歐卡打了聲招呼，不過從露歐卡的表情看來，她似乎還在生悶氣。她看了一眼小薰手中的紙袋，開口問道：「妳打算用那個戒指跟動物聊些什麼呢？」

「我的朋友最近剛開始養寵物，但是寵物卻不太聽話，所以我想用這個戒指了解那隻寵物的心情。」

露歐卡聽見小薰的回答，面無表情的說：「喔，原來是為了朋友。」

「露歐卡，妳是不是又在吃醋呀？」

待在露歐卡肩膀上的香草突然說話，還戳了戳她的臉頰，露歐卡要求香草安靜，也用手指戳了回去。

「哎呀，妳別再戳我了！」

搖搖晃晃的香草因為失去平衡摔了一跤，最後被吸進露歐卡的披風裡。

「唉，香草又說了不該說的話。」

「露歐卡，要不要來我家玩？我們一起來試試聊天戒指的效果吧！」

雖然小薰開口邀約，但是露歐卡搖搖頭說：「抱歉，今天我必須去收集一些藥草，所以等等就要回家了。」

「這樣呀！那之後我會用聊天筆記本，慢慢跟妳分享我和動物聊了什麼喔！」

聽見小薰這麼說，露歐卡的心情似乎變好了一些。

「好呀！」露歐卡微微一笑。

「下次見！」

小薰與露歐卡開心的揮手向對方道別後，打開店門，往外跨了一步。

「哇！」

轉眼間，小薰已經獨自站在老舊住宅區的小路上，在魔法大道買完東西，走出商店的那一刻，就會瞬間回到人類世界。

「雖然經歷了好幾次，還是會嚇一跳呢！」正當小薰這麼想的時候，一隻黑貓迅速橫越這條小路。

「啊！那隻貓！對了，趕快拿出戒指試試看。」

小薰急忙拆開紙袋上的蝴蝶結，從袋子拿出戒指，這時使

用說明書飄落到地上。

這讓小薰冷靜了下來，想起戒指的使用時間是有限的。

「我得更慎重的使用這個戒指才行。」小薰改變主意，把戒指放回紙袋裡。

「明天去學校時，問問奏太能不能讓我和巧克力見一面吧！」

4

尋找失蹤的小狗

「我出門啦！」

小薰一如往常的朝著空無一人的家裡這麼說，接著關上門，匆匆朝奏太家出發。今天在學校時，她問奏太放學後能不能去看看巧克力，奏太爽快的答應了。因此，小薰放學後急急忙忙的趕回家，迅速寫完了作業，準備前往奏太家。

就在小薰走出大樓時，她看見一位牽著柴犬散步的阿姨迎面走來，那隻狗名叫小桃，小薰上學時經常碰見牠，每次看到牠，她都會摸摸牠的頭。

「去奏太家之前，先試試看戒指的效果好了，只用一下下，應該沒關係吧？」

小薰從包包裡拿出戒指，小心翼翼的戴在手指上，就在那一瞬間，戒指的

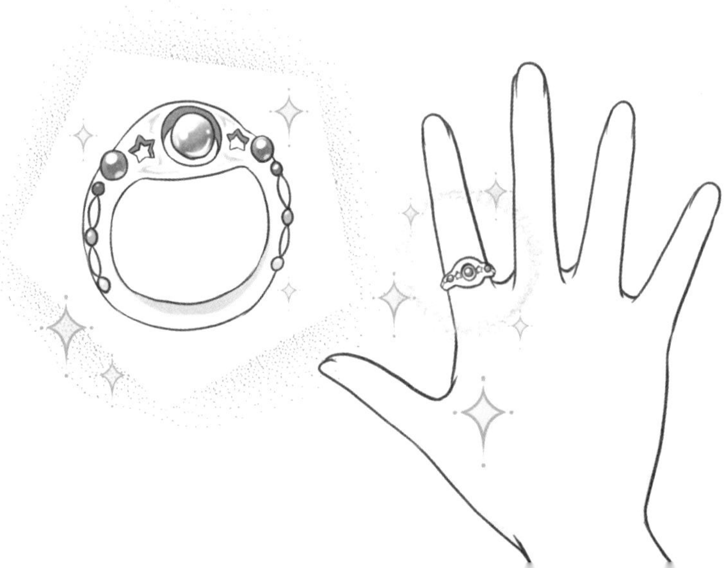

周圍散發出金色光芒。

「這樣……就可以聽見動物們的心聲嗎？」小薰專注的凝視戒指，靜靜思索著。

「哎呀，是小薰呀！」阿姨熱情的向小薰打招呼。

「您好！」小薰也向阿姨問好，接著像往常一樣，走到小桃面前蹲了下來。

「小桃，哈囉！」

話才剛說完，她手上的戒指瞬間發出一道光芒。

同時，小桃似乎也感應到了，抖了抖耳朵，一邊搖著尾巴，一邊把前腳放到小薰的膝蓋上。

「小薰，妳好呀！妳今天穿得真漂亮，我也想像妳一樣穿漂亮的衣服！」

小薰毫不猶豫的回應：「哇！好開心呀，謝謝你！」感謝的話就這麼自然的說出口了。

「小薰，妳在說什麼啊？」阿姨一臉疑惑的歪著頭。

「糟了！我忘了只有我能聽得懂小桃的話。」小薰一時慌了手腳，連忙站起來。

「沒什麼啦！那我先走了，小桃再見！」

「小薰，再見！」

小薰向小桃揮手道別後，轉身跑向奏太家。

「太好了，我真的可以跟動物溝通！好想趕快和其他動物聊天，真期待！」

小薰一邊跑著，一邊四處張望。

「你們好呀！」

趴在圍牆上的貓咪、駐足在道路護欄上的鴿子、在房子前玩球的小狗……小薰開心的向這些動物們打招呼。

每當小薰對動物說話時，手上的戒指就會散

發出金色的光芒。

「哇！妳怎麼會說我們的語言？真有趣！」

「這個人類好厲害呀！咕咕！」

「咦？為什麼妳能跟我說話？呵，這不重要，要不要跟我一起玩呀？汪！」

每隻動物都驚訝又開心的回應著小薰。

「啾啾啾，妳竟然聽得懂我們說話？」

一隻頭部及背部覆蓋著黑色羽毛，腹部潔白的小鳥在小薰身邊盤旋，小薰停下腳步，將手伸向小鳥說：

「對呀，現在我可以跟你們對話喔，你叫什麼名字呢？」

「我沒有名字，人類好像都叫我『蒼背山雀』。」

蒼背山雀說完，飛到小薰的手背上，歪著頭好奇的看著她。

「喔！原來是叫做『蒼背山雀』的小鳥呀！」

小薰仔細觀察手背上的蒼背山雀，發現牠的胸前有一條深色的羽毛紋路，看起來就像一條小領帶。

「妳看起來很著急的樣子，要趕著去哪裡呢？」

「我要去看朋友養的小狗！」

蒼背山雀聽了，立刻回應：

「真不好意思，我對狗不太感興趣，那我就先走一步了，啾啾啾！」

小鳥說完便拍了拍翅膀，輕盈的飛上天空。

「下次再見喔！」小薰朝牠遠去的身影揮手道別，臉上掛著笑容，開心的舉起手將戒指貼在臉頰上。

「太神奇了！有了這枚戒指，就能和所有動物當朋友了！」

雖然小薰還想繼續跟更多的動物聊天，但是她知道，這枚戒指蘊含的魔力是有限的。

小薰將戒指拿下來，小心翼翼的放入包包的夾層裡，然後腳步飛快的跑向奏太家。

當小薰走到奏太家附近的路口時，剛好看見奏太從家門口衝了出來。

「啊，難道是因為我太晚來，所以他出來等我嗎？」

小薰才剛冒出這個想法，卻突然看到奏太轉身朝另一個方向跑去。

「奏太！我在這裡！不好意思這麼晚才到。」

小薰對著奏太的背影大聲喊道，奏太聽見她的呼喊，立刻停下了腳步，急忙轉過頭說：

「小薰！」

奏太臉色發白，緊張慌亂的跑到小薰旁邊，小薰還來不及開口，奏太便心急如焚的對她說：

「巧克力不見了！」

「什麼？」

小薰完全沒有想到會

發生這樣的事，嚇得目瞪口呆。

「剛剛我想妳應該快到了，所以把巧克力帶到門口，準備幫牠套上牽繩，沒想到牠突然失控，從我手邊掙脫，正好我媽媽買完東西回來，她一開門，巧克力就從門縫跑出去了！」

「巧克力就這麼失蹤了？」

奏太神情落莫的點點頭說：「如果一直找不到牠，萬一牠在外面發生了什麼事，怎麼辦呢？都是我的錯！」

奏太的表情看起來快要哭了。

接著，他努力打起精神，吸了吸鼻子說：「小薰，抱歉，讓妳白跑一趟，我得趕緊去找巧克力，先走了！」

奏太說完，便抓著牽繩，急匆匆的往外跑去。

「奏太，等一下！」小薰大聲喊道，但奏太似乎沒聽見，彎過轉角後就不見人影了。

這一帶是住宅區，有許多錯綜複雜的小巷子，想要找到像巧克力這樣的小狗可不容易，如果牠跑進別人家裡，就難上加難了。更糟的是，不遠處就是車流繁忙的大馬路，如果巧克力跑到馬路上，很有可能會發生危險。

突然，小薰靈機一動。

「對了，只要去魔法大道，說不定就能找到好的道具，也可以請露歐卡一起幫忙想辦法。」

小薰趕緊從包包裡拿出聊天筆記本，迅速寫下訊息：

「露歐卡，可以請妳現在去一趟魔法大道嗎？我朋友的小狗失蹤了，所以我想買能幫忙找到小狗的道具。」

小薰飛快的寫下訊息，不過卻遲遲沒有收到回應。

「露歐卡是不是還沒放學呢？」

再這麼等下去，巧克力只會越跑越遠。

小薰心急如焚，立刻從包包裡掏出魔法卡片。

「雖然已經去過好幾次了，但是……這次我真的能一個人找到合適的道具嗎？」

她的心裡浮現出一絲不安，但很快就冷靜下來。

「說不定露歐卡馬上就會出現了，不要怕！」

小薰為自己打氣後，毫不猶豫的衝向住宅區，她來到那面熟悉的老舊紅磚牆前，低頭看了看緊握在手中的魔法卡片。

這張神奇的卡片依然閃爍著熠熠光芒。

「好，出發吧！」

小薰正準備把魔法卡片貼上紅磚牆，突然感到腳邊有東西飛快掠過。

「哇！那是什麼？」

小薰被絆了一下，拿著魔法卡片的手就這麼碰到了牆。

「啊！」

小薰的身體往前一晃，下一秒，她已經站在熟悉又奇幻的魔法大道上了。

小薰看著眼前的景象，嚇得目瞪口呆，一隻戴著紅色項圈的小狗正在熱鬧的魔法大道上敏捷奔跑著！

「巧克力？」

那不是奏太家的小狗嗎？剛才從她腳邊掠過的竟然就是牠，牠就這樣一起來到魔法大道了！

「這下糟了！」

小薰激動得滿臉通紅。

「巧克力，別跑！快停下來！」

儘管小薰不停呼喊著巧克力的名字，但是巧克力依然頭也不回的在魔法大道上來回奔跑。

「這可怎麼辦才好啊？」

第2章

露歐卡的故事

1
露歐卡與黑貓

「今天的課就上到這裡。」老師對同學說完後，緩緩走出教室。

露歐卡把課本收好之後，拿出聊天筆記本。

「小薰傳了什麼訊息給我呢？」

正當露歐卡要打開筆記本的時候，忽然聽見有人在呼喚她。

「露歐卡！」卡雅莎走到露歐

卡的座位旁邊。

「我們約好這個週末要一起去魔法大道逛街，露歐卡要不要一起來呢？」

「我也一起去嗎？」露歐卡非常驚訝，卡雅莎回頭對其他同學笑了笑。

「當然呀！大家都說想

和妳一起去呢，對吧？」

站在教室另一頭的女孩們都點點頭表示贊同。

「她們竟然會來邀請我！」露歐卡不自覺的臉紅起來。

就在不久之前，露歐卡向學校請了長假，一直沒有來上課。

露歐卡之所以請長假，是因為她覺得自己已經學會各種魔法，沒必要專程來學校上課。因此，她與其他同學之間總是有隔閡，很難變得親近。她一直以為這樣的情況不會有改變，不過，這只是露歐卡單方面的想法。

自從跟卡雅莎她們開始交流，露歐卡不再請假，每天都會去學校。即使現在上課的內容依然很無趣，但是學校的生活，卻讓露歐卡十分期待。

「和大家一起去魔法大道，感覺一定很好玩。」

光是想像與卡雅莎她們一起逛街的畫面，就讓露歐卡無比嚮往。不過，露歐卡還是搖搖頭，說：「不好意思，我昨天才剛去過，下次再一起去喔！」

聽見露歐卡的話，卡雅莎說：「這樣呀，那就沒辦法了。」

其他同學也說：「那我們下次再約吧！」

她們的語氣充滿失落，向露歐卡揮手道別後走出了教室。

「雖然對卡雅莎很不好意思，但是我已經答應要和小薰一起

去魔法大道了，而且……。」露歐卡望著她們漸漸走遠的背影，內心默默想著。

要在魔法大道購買商品，就必須要拿出魔法卡片才行，如果請小薰將那張魔法卡片物歸原主，那麼小薰就會失去所有關於露歐卡的記憶——她們共同度過的時光、交談過的話語、兩人一起看過的風景……全部都會像泡沫一樣，消失得無影無蹤。

「我不想變成這樣！」對露歐卡來說，小薰是個非常重要的朋友。

這時，露歐卡突然想到一件事。

自從小薰開始使用魔法卡片，到現在已經買了不少東西，卡片裡的儲值金額應該越來越少了。

「咦？如果卡片裡的錢用完了，會怎麼樣呢？」

這個問題讓露歐卡的心中湧現一陣不安。

「如果卡片裡的錢用完，就不能再刷卡購物了，那麼身為人類的小薰，或許也無法再前往魔法大道了？就算我主動去找她，但因為卡片失效，她可能也看不到我……如果繼續這樣下去，魔法卡片的魔力會一點一點消失，小薰也會漸漸把我忘記！」

一想到這裡，露歐卡就感到十分難過。

「不會的，一定不會發生這種事，只要告訴小薰少買點東西就好，然後，再拜託媽媽幫我儲值魔法卡片。」露歐卡告訴自己

不要往壞的方面想，接著翻開放在桌上的聊天筆記本。

「嗯……我看看。」

「可以請妳現在去一趟魔法大道嗎？」

「什麼？現在就去？」露歐卡忍不住大喊，坐在最前排的男同學也嚇了一跳，轉過頭好奇的看著她。

「糟糕！」露歐卡連忙閉上嘴巴，拿起羽毛筆寫下回覆：

「昨天才剛買完東西，妳還想買什麼嗎？魔法卡片裡的餘額好像快用完了。」

露歐卡剛寫下的文字瞬間變成藍色，緊接著筆記本上浮現出閃閃發亮的文字，看來對方寫得相當匆忙，筆跡有些凌亂。

「抱歉，我已經來了，因為我朋友的小狗不小心闖進魔法大道，不知道跑到哪裡了！露歐卡，請幫我一起找！」

「什麼？」露歐卡難以置信的讀了兩遍，忍不住脫口而出。

結果，那位男同學又回頭了。

露歐卡用雙手摀住嘴巴，急忙避開對方的視線。

「真是的！小薰到底在做什麼呀！」

這時，躲在露歐卡披風裡的香草偷偷冒出頭來，說：「露歐卡，發生什麼事了？」

露歐卡低聲對香草說：「香草你看，小薰竟然把人類世界的小狗帶到魔法大道了！」

香草跳到筆記本上面，讀完內容後嚇得全身的毛都豎了起來。

「什麼？這下糟了！」香草的聲音再度引起男同學的注意。

「噓！小聲一點，會被別人聽見的！」露歐卡指著香草的鼻子叮嚀著。

「露歐卡，這該怎麼辦呀？如果人類世界的動物跑到魔法世界來……。」

「嗯……會很麻煩。」露歐卡用手扶著額頭嘆了口氣。

在魔法世界裡，所有動物都由「魔法生物管理局」

嚴格控管，例如，香草在魔法生物管理局的資料中，被登記為「露歐卡的使魔」，那些未經登記的動物如果被抓到，恐怕會被帶到使魔商店，成為商品販售。

「得趕緊去魔法大道才行！」

正當露歐卡急忙收拾東西時……

「嘿！」剛剛一直看向她的男同學突然朝她喊了一聲。

他有著一頭清爽飄逸的棕色短髮和一雙綠色的眼眸，此刻正站在露歐卡面前，露出友善的微笑。

「妳剛剛在看的是『聊天筆記本』嗎？」

「啊？」露歐卡手裡拿著筆記本，對這個突如其來的問題愣了一下，隨即看著對方，說：「嗯，怎麼了嗎？」

「這是在魔法大道買的，對吧？好用嗎？我打算今天回家後也去魔法大道一趟，說不定也會買一本！」男孩對露歐卡的不悅神情似乎視而不見，自顧自的說著。

「是喔，你想買就買呀。」露歐卡說完後，俐落的將筆記本收好，轉頭離開教室。

「那個人是怎麼回事啊？突然跑過來搭話，一副跟我很熟的樣子！算了，我得趕快出發，小薰現在一定很慌張！」

露歐卡透過魔法陣來到魔法大道，不久便在人群中發現了小薰的身影。她神情慌張、臉色蒼白，還不斷的四處張望，彷彿在尋找什麼重要的東西。

「小薰！」

聽見熟悉的聲音，小薰眼眶泛紅，立刻跑向露歐卡。

「露歐卡，怎麼辦？我找不到巧克力！」她的聲音顫抖，幾乎快要哭出來。

露歐卡疑惑的問：「到底發生了什麼事？妳怎麼會把狗帶過來呢？」

聽見露歐卡的話，小薰委屈的拚命搖頭，眼眶裡早已積滿了淚水，說：「不是我帶來的！我正要來這裡，巧克力突然跑到我的腳邊，然後就……。」

「怎麼會這樣呢？」露歐卡在心裡默默嘆了口氣。

露歐卡突然用嚴肅的語氣說道：「我們必須趕快找到牠，否則，牠很可能會被當成使魔賣掉喔！」

小薰一聽，嚇得倒抽了一口氣，眼淚再也忍不住流了下來。

「怎麼會變成這樣……該怎麼辦才好呀？如果奏太知道一定會很傷心的。」

「沒時間再哭了！」

露歐卡迅速拿起背上的掃帚，朝它輕輕吹出一口氣，掃帚瞬間變大了。

「快上來！我們趕快去找巧克力！」

小薰握緊拳頭，深吸一口氣，擦掉眼淚後，堅定的點點頭，說：「好！」

等小薰坐穩後，露歐卡毫不遲疑的喊道：「好！出發！」

露歐卡用力蹬了一下地面，掃帚迅速飛向天空。在魔法大道上空飛行的兩

人，仔細的掃視每個角落。

腳下是熙來攘往的街道，各式商店琳瑯滿目，有棒棒糖造型的商店、外牆鑲滿各種寶石的商店，還有宛如彩色大球般不斷彈跳的奇特商店。

不管她們飛到哪裡，都看不見魔法大道的盡頭，儘管已經來過好幾次了，但依然有許多從未見過的商店。

「這麼說來，香草曾經說過，魔法大道無時無刻都在改變。」

露歐卡正想著這件事，耳邊傳來小薰的驚呼聲。

「啊！那隻黑貓！」

露歐卡被嚇了一大跳。

「別在我耳邊大叫，黑貓怎麼了嗎？」

她朝著小薰所指的方向望去，一隻毛色泛著光澤的黑貓，優雅的坐在以點心製成的商店屋頂上。

黑貓彷彿在等著她們到來似的，一看見她們便站起身，輕巧的跳到地上。露歐卡也降落在黑貓附近，目不轉睛的盯著黑貓。

黑貓那一對金色的瞳孔，也毫不閃躲的回應著她的目光。

「那隻黑貓曾經引領我方向，幫助我找到妳。」小薰說。

「啊？應該只是碰巧吧？」露歐卡說。

或許是因為聽見露歐卡懷疑的語氣，黑貓發出「喵」的一聲，踩著慢悠悠的腳步往前走。走了幾步後，轉過頭來看著她們又「喵」了一聲，就像是在叫她們跟上來。

「看吧？說不定牠這次也會帶我們去找巧克力！」小薰用力抓住露歐卡的手臂這麼說。

「喔，知道了！」

露歐卡背著掃帚，和小薰一起跟隨黑貓的腳步前進。走在前頭的黑貓和她們維持一段距離，途中不時的回頭，確

認她們還跟在後面。

奇妙的是，即使她們加快腳步想要縮短與黑貓的距離，也完全追不上牠。

「那隻黑貓……總感覺似乎在哪裡看過，是我多心了嗎？」

露歐卡一邊想著，一邊跟在黑貓後面。就在這時，黑貓鑽進商店之間的狹窄小巷，就這麼消失了。

「跟丟了，我們快追上去！」

兩人急忙跑進那條小巷，眼前是一隻看來疲累不堪的棕色小狗，牠躺在地上，身體縮成一團。

一看到露歐卡和小薰，小狗馬上站了起來，不停的搖著尾巴，牠脖子上戴著熟悉的紅色項圈。

「是巧克力！」

2

如何抓住巧克力

「巧克力好乖！快過來。」小薰朝著巧克力伸出手，巧克力動了動鼻子，慢慢的朝她們靠近。

就在只剩一小段距離時，巧克力又往後退到巷子裡，看來還是對她們抱持戒心。

「真是傷腦筋，好，看我的！」

露歐卡從披風裡拿出魔杖，在空中

迅速畫出一個魔法陣。

「馬魯蓋斯・普隆地斯！」當露歐卡念出咒語的瞬間，巧克

力的頭上浮現出一片小小的烏雲。

「劈啪劈啪！」隨著一陣雷鳴般的聲音響起，那片烏雲竟然釋放出一道閃電。

「啊！巧克力衝出去了！」

受到驚嚇的巧克力飛快的往外衝，從小薰和露歐卡的腳邊一閃而過。

「別跑！」露歐卡追了上去，再度畫出一個魔法陣。

「史提諾·艾烏流亞雷·梅杜莎！」

露歐卡一邊念出咒語，一邊用力揮動手中的魔杖——魔杖末端冒出了許多麻繩，像蛇一樣扭動著往前延伸，迅速朝巧克力的方向飛去。

但是，就在麻繩快要碰到巧克力的瞬間，牠又敏捷的鑽進了另一條小巷。

「哎呀，真是的！」

露歐卡接連揮動魔杖，在空中迅速畫出一個又一個的魔法陣，大聲喊著咒語：「古里封！」、「斯雷普尼魯！」

露歐卡每施展一次魔法，魔杖就會冒出一個魔法動物或巨人妖怪想抓住巧克力。

不過，巧克力的動作相當敏捷，露歐卡不管怎麼樣都抓不住牠。而且，因為是在魔法大道的街道中央施展魔法，路過的行人看到這景象都驚訝不已。

「露歐卡！這樣連續使出好幾個魔法陣，太引人注目啦！」

小薰在後面喊著，語氣滿是焦急。

雖然露歐卡聽到小薰說的話，但她根本顧不了這麼多。

「哎呀！誰叫牠一直跑個不停！」

「妳說的也沒錯，但這樣一路追趕，感覺巧克力有點可憐。」

小薰的這句話突然點燃了露歐卡的怒火。

「還不是因為妳把巧克力帶到魔法大道，所以才會變成現在這樣！」

「哎呀，那是個意外嘛！」

結果，露歐卡和小薰兩人吵了起來。

「咦？妳也來魔法大道啦？」就在這時，背後傳來一個聲音，露歐卡回頭一看，竟然是那位班上的男同學。

「我才要問你為什麼會在這裡？」

露歐卡露出冷淡的表情回答，只見那男孩微笑說道：「我在

教室時有跟妳說呀！我今天要到魔法大道買聊天筆記本。咦？這裡發生什麼事了？」

「跟你沒關係吧？」露歐卡默默的將臉轉向另一邊。

小薰神色慌張的解釋：「喔，因為朋友的小狗逃走了，我們正煩惱著不知道該怎麼辦。」

小薰說完後，指著躲在小巷裡的巧克力。

男孩說：「喔，原來是這樣呀！」接著迅速跑向魔法大道路邊的攤車。

「什麼嘛，他就只是隨口問問而已，馬上就跑掉了。算了，小薰，我們趕快去找巧克力吧！」露歐卡拉起小薰準備行動，只見那男孩又朝她們走了回來，手裡似乎拿著什麼東西。

「看仔細啦！」男孩一說完，便將手裡的頭飾戴到頭上，那個頭飾造型就像小狗垂下來的耳朵一樣。

就在那一瞬間，男孩的鼻子、嘴巴，還有手腳，竟然都變成小狗的樣子！

「什麼？啊啊啊！」小薰與露歐卡異口

同聲的發出驚呼，他四腳著地，跑進巧克力藏身的巷子中。

化身小狗的男孩搖著剛長出來的尾巴，向巧克力打招呼。

「汪汪！我們來做朋友吧！」

男孩一邊說，一邊開心的在巧克力身邊又跑又跳，巧克力一開始有些驚訝，但過沒多久，也搖起尾巴，慢慢放下戒心。

兩隻狗互相磨蹭鼻子交流感情，最後一起走出巷子，看起來已經變成好朋友！

「怎麼可能！竟然這麼輕易就成功了！」露歐卡驚訝的說。

這時，小薰迅速跑到巧克力的後方，巧克力毫無察覺，正愉悅的搖著尾巴。

「抓到了！」

小薰從後面將巧克力一把抱起來，牠似乎還沒弄清楚狀況，乖乖的被小薰抱在懷裡。

「什麼！就這樣抓住了？」

聽見露歐卡的驚呼，蹲在露歐卡腳邊的男孩抬起頭，說：「想讓動物聽話，與其嚇唬牠，不如好好的安撫，讓牠感到安心，才更容易成功。」

「你憑什麼在這邊說這些大話！」露歐卡怒氣沖沖的反駁。

男孩繼續說道：「其實，妳剛剛施展的魔法，只會讓牠更害怕，根本沒辦法抓住牠，妳應該要先思考對方的感受才行。」男孩依然維持著小狗的外貌，一派輕鬆的搖著尾巴說。

「真是的！這只不過是一時的失誤！我的高級魔法竟然會輸

給魔法商店那種騙小孩的道具！」露歐卡非常不服氣。

過了沒多久，她的情緒漸漸平穩下來，繼續說道：「不過，我的確沒有考慮到巧克力的感受，如果在陌生的地方一直受到驚嚇，當然會害怕得想逃跑。」

小薰也轉頭對男孩說：「巧克力一直不肯乖乖聽話，多虧有你的幫忙呢！」

「啊，對了，如果妳們還沒有買魔法道具的話，可以試試看『所羅門的聊天戒指』，在使魔商店就可以買到喔！」男孩提醒她們。

「那個戒指我現在就帶在身上！」小薰一邊拍著包包，一邊得意的說。

男孩點點頭說：「太好了，那事情就簡單多了，妳可以問問看那隻小狗，為什麼要一直逃跑？」

「好，我會的！」小薰點點頭。

接著，男孩對露歐卡說：「露歐卡，我先走啦，學校見！」

男孩說完後，便用前腳把頭飾撥了下來，在那瞬間，他的身影消失在她們眼前。

「真是的，只不過是運用的魔法剛好派上用場，也沒什麼了不起的！」

露歐卡噘起嘴巴，小薰走到她的身邊，輕聲問道：「剛剛那個男孩是妳的朋友嗎？」

「才不是！只是同班同學而已！」

聽見露歐卡的回答，小薰有些訝異的說：「這樣呀！他感覺人很好耶。」

「哪有呀！我明明跟他不熟，他卻擺出一副很熱絡的樣子，而且還多管閒事！」

「可是，他原本說今天來魔法大道，是為了買聊天筆記本，但是看到我們有麻煩，他特地去購買道具來幫助我們耶！魔法卡片一天只能使用一次，他竟然把這個珍貴的額度用在我們身上。」

小薰的提醒讓露歐卡頓時說不出話。

「話是這麼說沒錯啦！」

「剛剛忘了跟他說聲謝謝，露歐卡，妳明天到學校記得跟他道謝喔！」

「啊？我去說嗎？」露歐卡不敢置信。

香草爬上露歐卡的肩膀，說：「露歐卡，妳是小薰的朋友，朋友受到別人的幫助，幫忙轉達謝意也是理所當然的呀！」

「也對啦。」露歐卡小聲的說著。

「不過，剛才那個男生……。」小薰望著男孩消失的方向喃喃自語。

「好像曾經在哪裡見過他，為什麼呢？」

看著小薰陷入苦思之中，露歐卡想換個話題，於是開口說：「那個……要不要現在就使用聊天戒指？我也想透過魔

法道具聽聽看那隻小狗的心聲。」

「對！我們快來聽聽看巧克力的心裡話吧！」

小薰將巧克力牢牢抱在懷裡，從包包裡拿出戒指，戴上手指的瞬間，戒指周圍散發出微微的金色光芒。

「巧克力，你為什麼要從奏太家裡跑出來呢？」

巧克力將頭轉向小薰，開口說：

「我不是想要逃跑，我只是想要去找媽媽。」

「找媽媽？」露歐卡與小薰面面相覷。

「牠說的媽媽，是指這隻小狗的母親嗎？」

對於露歐卡的提問，小薰像是想起什麼似的驚呼：「這麼說來，奏太曾經說過，巧克力是因為迷路，所以才偶然走到他奶奶家的。」

「所以，這隻狗在尋找失散的媽媽時，剛好被妳的朋友撿回家嗎？」露歐卡以認真的眼神看著巧克力。

「你想和媽媽見面？」

聽見露歐卡這麼問，巧克力有些難過的點點頭。

「嗯！我好想媽媽！」

「那就別再逃跑了，我和小薰會幫你找到媽媽的。」

「真的嗎？」

巧克力開心的搖起尾巴。

「這裡是魔法世界，無論你再怎麼找，都不可能找到媽媽。明白嗎？」

「嗯，知道了。」

「很好，乖狗狗。」露歐卡滿意的點點頭，拿出了魔杖。

「好，準備回人類世界啦！」

3

我們的友情手鍊

「雷梅格頓！請為我開啟穿梭之門！」

露歐卡念完咒語後，與小薰、巧克力一同穿過了魔法陣。

她們走出魔法陣之後發現，眼前的景象是小薰曾經與朋友舉辦點心派對的芝生廣場。

「咦？為什麼不是回到我家

呢？」小薰一臉疑惑的問露歐卡。

「突然帶著一隻狗回家，妳媽媽肯定會嚇一跳吧？離妳家不遠而且空間又寬敞的地方，應該就是這裡了！」

露歐卡說完後，指著小薰懷裡的巧克力，說：「現在把這隻小狗放下來，讓牠帶我們去找媽媽吧！」

小薰聽完後，帶著難以置信的表情搖搖頭，說：「不行啦！狗狗沒有戴牽繩，這樣走在路上很危險的。」

「真是的，人類世界的規定還真麻煩！」露歐卡無奈的嘆了口氣。

露歐卡拿起魔杖在巧克力面前揮了一下，沒想到，小薰的手上突然變出了一條紅色的牽繩，連結著巧克力脖子上的項圈。

「露歐卡，謝謝妳，這樣就沒問題了！巧克力，去吧！」

巧克力聽到小薰的指令後，充滿活力的向前奔跑。

走了一段路之後，迎面走來一個牽著紅貴賓散步的女孩。

「嗨，小薰！」

那女孩一臉驚喜的往這裡跑來，看來似乎是小薰的朋友。

「糟糕，會被人看見我的模樣！」露歐卡頓時慌張了起來，香草從披風裡探出頭，說：「不用擔心啦！人類看不見妳。」

「啊，也對！」露歐卡鬆了一口氣，但是不知道怎麼回事，那隻紅貴賓來到露歐卡附近，好奇的動著鼻子聞個不停。

「別靠近我呀！」

「花音！好巧喔！」小薰向那個女孩打招呼。

「哇，真是可愛呢！」

巧克力看來相當興奮，搖著尾巴靠近紅貴賓，這也幫了露歐卡的忙，那隻紅貴賓不再繞著露歐卡轉。

「妳什麼時候養狗的呀？」花音問。

「喔，這是奏太家的狗，牠叫巧克力。」小薰有些慌張的回答。

「小薰，妳向那個女孩的狗打聽看看。」露歐卡在小薰耳邊低聲說。

「請問你知不知道這隻小狗的媽媽在哪裡呢？」小薰蹲下身來，低聲詢問紅貴賓狗。

「我不知道呀！我正在和花音一起散步，請不要打擾我們喔！」

沒想到會得到這麼冷漠的回應。

「這隻小狗真是不討喜呢！」一旁的露歐卡忍不住抱怨，小薰將食指抵在嘴邊，示意她別再說了。

「露歐卡，別這麼說呀。」

這時，花音表情疑惑的歪著頭。

「小薰，妳怎麼啦？」

「哈哈，沒事啦！那我先走了！」

小薰向花音道別後，又繼續被巧克力拉著往前跑。

她們遇見了從樹叢裡悠哉走出來的虎斑貓、躺在一間豪華狗屋前面的白色大型犬、在碎石子路上晒太陽的鴿子們，但儘管她們一一詢問「請問你們知道這隻狗狗的媽媽在哪裡嗎？」每次得到的答案都是「不知道」。

因為被巧克力拉著到處跑來跑去，小薰累得氣喘吁吁。

「真是的，你連自己家在哪裡都不記得嗎？」

即使露歐卡這麼問，巧克力也只能說：「因為我完全沒有聞到媽媽的味道嘛！」

巧克力的耳朵往下垂，失落的看著她們。

「得快點才行，我們能留在人類世界的時間不多了！」拿著沙漏的香草從露歐卡的披風裡冒出來，緊張的說道。

「那麼，試試看這個方法吧？」露歐卡高高舉起魔杖，在空中畫出一個大大的魔法陣。

「帕茲茲，呼喚風的到來！」

露歐卡念完咒語後，魔法陣浮到兩人的頭頂上，一陣清爽的風吹到她們面前。

「聞聞看吧，這陣風蒐集了來自四面八方的味道，看能不能從中找出你媽媽在哪裡。」露歐卡說。

接著，巧克力豎起耳朵，不停抖動著鼻子，認真的聞來聞去。

「這個味道……是媽媽！」巧克力突然衝了出去。

「啊，等一下！」小薰被狂奔的巧克力拉著，朝著車站前大馬路旁的巷子前進。

「咦？前往魔法大道的那條路就在附近。」

就在小薰自言自語時，突然聽見巧克力大聲喊著：「媽媽！媽媽！」

就在此時，一棟宏偉住宅的圍牆欄杆內傳出了一聲呼喚：「茶茶！」

兩人看向聲音的來源，只見一隻外型與巧克力極為相似的大型犬，正激動得直立起身子，不停的跳來跳去。

「請問妳是巧克力的媽媽嗎？」

小薰出聲詢問，而大型犬動了動鼻子說：

「是妳帶走我的孩子嗎？真是太過分了！」

巧克力的媽媽把上半身撐在欄杆上，生氣的指責小薰。

「不是這樣的，媽媽！」巧克力用力往上跳，大聲說著。

「她們知道我在找妳，所以特地帶我回到妳身邊喔！」

巧克力的媽媽聽完後，不再激動，耳朵與尾巴都垂了下來，趴回到地上。

「原來如此，真是抱歉，我剛剛沒有弄清楚。」

「沒關係，不過，為什麼巧克力會走丟呢？」巧克力的媽媽看來也不知道，只是搖了搖頭。

其實，巧克力原本有四個兄弟姊妹，但是都被別人領養了，只剩下巧克力。

「我出門散步，回到家時就沒看見這孩子的蹤影了，還以為是被別人帶走了，讓我好擔心。」

巧克力聽見媽媽這麼說，難過的夾著尾巴。

「對不起，因為我很想出去探險，當時我一用力，項圈就鬆脫了，所以才會趁機跑出去。」

露歐卡與小薰不約而同的看了對方一眼。

「真是的，所以是你自己從家裡跑出去的。」

「對不起。」

看著巧克力一副垂頭喪氣的模樣，巧克力的媽媽溫柔的舔舔牠的鼻頭。

「原來是這樣啊，真是個調皮的孩子。」

巧克力瞇起眼睛，看起來很舒服的樣子。

就在這個時候。

「小薰！」

她們回過頭，一個男孩上氣不接下氣的朝這裡跑了過來。

「咦？是在遊樂園和小薰走在一起的那個男生，記得名字好像是奏太。」

「我聽花音說，妳牽著巧克力在散步……巧克力！」

奏太一個箭步向前，跪在地上緊緊抱住巧克力。

「小薰謝謝妳！妳是怎麼找到巧克力的呢？」

小薰有點心虛的低下頭說：「嗯……就剛好遇見……。」

這時，奏太看著小薰手裡的紅色牽繩。

「剛好遇見，然後妳也剛好有帶牽繩嗎？可是妳家又沒有養

寵物。」

「啊？是這樣沒錯啦！」小薰不知該怎麼說才好，只能含糊帶過。

「這個叫奏太的男生滿聰明的嘛！」一旁的露歐卡忍不住佩服起來。

「奏太，這隻小狗好像是與媽媽走散了，原本的名字不是『巧克力』，而是叫『茶茶』。」

奏太聽了，震驚的問：「茶茶？這是牠原本的名字嗎？妳會知道這些事，是因為已經跟原本的飼主談過了嗎？」

「不用說這麼詳細吧？」露歐卡急忙抓住小薰的手臂。

露歐卡在小薰耳邊竊竊私語，慌張的小薰只好趕緊轉移焦點。

「奏太你看，那隻狗就是巧克力的媽媽喔！」

奏太的目光越過欄杆，認真端詳著巧克力的媽媽，看起來有些擔憂的搖著尾巴。

「真的耶！跟巧克力長得一模一樣！原來巧克力是因為想回家所以才會迷路的。」奏太注視著巧克力，眼神充滿了關愛。

「這也難怪，一定會想和媽媽在一起呀！」

小薰說完，奏太再次緊緊的擁抱巧克力，接著，他毅然決然的抬起頭說：「小薰，謝謝妳，我決定把巧克力還給原本的飼主以及牠的媽媽。」

與奏太道別之後，露歐卡和小薰並肩走在路上。

「成功找到巧克力真是太好了呢！」露歐卡說。

「這都要感謝妳，露歐卡。今天臨時找妳去魔法大道，真是不好意思。」小薰忽然停下腳步，向露歐卡表示歉意。

「沒事啦！能夠幫助那隻小狗回到媽媽身邊，我也感到很開心。」說完這句話後，露歐卡又喃喃自語。

「因為我很了解無法看到父母那種傷心的感覺。」露歐卡想起在她小時候就已經過世的父親。

其實，露歐卡並沒有與父親共度時光的回憶，因為她只有從照片裡見過那位面帶微笑的父親。不僅如此，就連母親蜜歐娜也經常因為工作而出門，所以露歐卡總是孤單一人待在那個冷清的家裡。

正因如此，巧克力那種寂寞不安的心情，沒有人比露歐卡更能感同身受了。

「嗯嗯，我也能了解。」

聽見小薰這句話，露歐卡愣了一下，轉過頭說：「為什麼？妳媽媽不是一直都在家裡嗎？」

露歐卡不假思索的問，只見小薰無奈的聳了聳肩。

「我媽媽不會一直都待在家呀！因為我是單親家庭，所以媽媽就必須更努力工作才行。」

「什麼？難道小薰也沒有爸爸嗎？」

小薰似乎覺得這也沒什麼，微笑點點頭說：「對呀，我以為有跟妳說過。」

「沒想到竟然是這樣！」之前露歐卡一直認為小薰有一對溫柔的父母陪伴在身邊。

「不僅長相與名字相似，就連單親家庭這點都一樣，我與小薰的

共通點多到不可思議。」露歐卡陷入思考，這時，香草從披風裡鑽了出來。

「露歐卡，別再發呆了，已經快要一個小時了！我們得快點回去啦！」香草將快要漏完的沙漏遞到露歐卡面前。

「真是的，我知道啦！」露歐卡一臉無

奈的噘起嘴巴，拿出魔杖。

「露歐卡！」小薰拿下手上的戒指，遞到露歐卡面前。

「多虧了有這個戒指，才能夠和巧克力以及各種動物對話，真的好有趣。巧克力能夠找到媽媽，也是借助這個戒指的力量，魔法真是無所不能！」

這些話讓露歐卡聽了有點不好意思，彷彿是自己被稱讚。

「這也沒什麼啦！對於不會魔法的人類來說，的確會感到很神奇。」

「話說回來，建議我們可以使用這個戒指跟動物對話的那個男生，他叫什麼名字呀？」露歐卡原本打算舉起魔杖，聽見小薰這個疑問，又把手放了下來。

「我不知道。」

「咦？你們不是同班同學嗎？」小薰訝異的將頭歪向一邊。

「因為我跟他之前根本沒講過話呀！」露歐卡有些賭氣的說。

「那麼，妳明天到學校記得一定要跟他說聲謝謝喔！這應該是個很好的開場白吧？」小薰露出燦爛的笑容。

「小薰說的沒錯，知道對方的名字或許真的很重要。」露歐卡冒出了這樣的想法。

以前的露歐卡認為就算不認識班上的同學也無所謂，但露歐卡的想法改變了，現在她覺得知道對方的名字也很好。

露歐卡自己也不知道為什麼會有這樣的改變。

「知道了。」

看見露歐卡相當聽話的點頭，小薰露出了欣慰的笑容，也跟著點點頭。

✦

「啊，對了。」小薰把手伸進口袋裡，拿出某樣東西。

「原本昨天就想把這個拿給妳，但不小心忘記了。」小薰一邊說，一邊拉起露歐卡的手。

「這個是我親手做的喔！代表我們的友情長存。」

小薰拿出一條由藍色與紫色珠子交織而成的手鍊，戴在露歐卡的手腕上。

「友情長存？」

「對呀，我們一人一條！」

小薰舉起手腕給露歐卡看，手鍊在陽光照射下閃閃發亮。

「是不是很漂亮呀？」

露歐卡也將手腕朝向天空高高舉起，兩人手腕上的同款手鍊閃耀著光芒。

「這是我們友情的象徵。」露歐卡在心中默念。

這是我們
友情的象徵

「謝謝妳，我會好好珍惜的。」

聽見露歐卡這句話，小薰滿心歡喜的點點頭。

「露歐卡快點啦！時間真的不夠了！」面紅耳赤的香草在露歐卡肩膀上急得跳腳。

「別再一直催了，不會有問題的啦！」露歐卡迅速畫出魔法陣，念出咒語。

「小薰，再見！」

正當露歐卡要跨進魔法陣的時候。

「露歐卡，下次再見喔！」耳邊迴響著小薰喊出的道別聲。

「『下次再見』，真是悅耳的一句話呀！」露歐卡懷抱著這樣的想法，回到了魔法世界。

4

令人在意的名字

隔天，露歐卡到了學校，在自己的座位上坐好之後，那個男孩走了過來。

「露歐卡，早安，那隻小狗後來還好嗎？」

「嗯，還算好吧。」

男孩對露歐卡冷淡的回應不以為意，依然露出禮貌的微笑。

「這樣呀！那就好。」

看見他的笑容，露歐卡腦中突然浮現一個想法。

「好像曾經在哪裡看過這張臉……。」

「嘿！」露歐卡站了起來，朝著正打算回座位的男孩喊道。

「你叫什麼名字？」

男孩露出一臉難以置信的表情，眨了眨眼睛，然後噗哧一笑。

「什麼嘛！我們明明讀同一班，妳竟然不記得我的名字嗎？」

「也不能怪我吧！畢竟在這之前，我們從來都沒有講過話。」

被說中的露歐卡有些不高興的噘起嘴巴。

這時，男孩把臉湊到露歐卡面前。

「塔烏索，我的名字叫塔烏索。」

「喔，塔烏索。」

露歐卡重複了一遍。

塔烏索忽然朝露歐卡伸出手，說道：「那麼我們從今天開始就是朋友啦，希望能相處愉快，露歐卡。」

露歐卡看著塔烏索伸出的手，又看了看他的眼睛，整張臉瞬間變得紅通通的。

「朋友？你和我？」

「是呀，以後請多多指教喔！」塔烏索握著露歐卡的手用力搖晃了幾下，笑得十分燦爛。

手心傳來的溫度讓露歐卡有些不知所措，於是也跟著晃了幾下，接著迅速把手縮了回來。

即便如此，塔烏索也絲毫不放在心上。

「話說，昨天在妳旁邊的那個女孩，跟妳長得好像喔，是妳的妹妹嗎？」

「她是我的朋友。」露歐卡摸著左手腕上的手鍊這麼說。

「喔，原來是朋友，因為妳們長得很像，我還以為是姊妹呢！」

就在塔烏索說這句話的時候，老師走進教室。

「請各位同學回到自己的座位，要開始上課了。」

「不說了，我回去啦！」塔烏索向露歐卡揮揮手，走回自己的座位。

「他竟然說『從今天開始就是朋友』，真是奇特！」露歐卡鼓起雙頰，拿出課本準備上課。

沒想到，香草從包包裡探出頭，臉上浮現出看好戲的笑容。

「露歐卡，妳在害羞嗎？臉變得好紅喔！」

「真是的！」露歐卡迅速的把香草塞到包包裡。

「放我出去啦，露歐卡！」

任憑香草在包包裡又叫又跳，露歐卡只是若無其事的把包包掛在桌子旁邊。

「香草真的很多嘴！」

看著老師在黑板上振筆疾書，露歐卡陷入了思考。

「果然，就連其他人也覺得我和小薰的外表十分相像。」

露歐卡突然想到另一個巧合。

「嗯？仔細想想，塔烏索這個名字……。」

露歐卡在筆記本寫下「塔烏索」三個字，接著反過來念：「索烏塔……啊！跟小薰的朋友奏太的讀音一樣！」

不僅如此，塔烏索和奏太兩人的長相也很相似，小薰和露歐卡，塔烏索和奏太，為什麼魔法世界與人類世界之中，會存在著長相及名字如此相似的兩個人呢？

「這其中有什麼特殊意義嗎？」

露歐卡的目光轉向座位旁的玻璃窗，默默思索著分別生活在魔法世界與人類世界，長相及名字都極為相似的兩個人。

為了守護人類世界而不幸喪命的父親歐奇托，與儘管失去了丈夫，仍然不放棄幫助人類的母親蜜歐娜。

而露歐卡明明把魔法卡片丟進溫布康特沼澤，卡片卻出現在人類世界。

這些事情的背後一定都有原因，但是無論露歐卡怎麼想，都想不透其中的因果，她緊緊握住小薰送的手鍊。

「如果這一切都不是單純的巧合，那麼想要進一步釐清背後

1 編註：「塔烏索」的日文發音為TA-U-SO，而「奏太」的日文發音為SO-U-TA，兩者的讀音剛好是相反的。

的原因，也是理所當然的吧？」露歐卡望著倒映在玻璃上的自己，在心裡低聲詢問。

然而此時，鏡子裡的露歐卡並沒有給出答案，只是靜靜的與她對望。

（待續）

巧克力能回到媽媽身邊，真是太好了。多虧了露歐卡和塔烏索，還有這個戒指也幫了大忙。戴上戒指就能夠與動物對話，「所羅門」這個人好厲害喔！

這對露歐卡來說，是很平常的事嗎？魔法真的好神奇喔！

魔法筆記

所羅門是誰？

根據《聖經》的記載，所羅門是古代以色列王國的國王，傳說被上帝賜予非凡的智慧。他運用聰明的頭腦，將國家治理得很好，偉大的名聲也傳遍世界，吸引其他國家的國王及使臣前來拜訪。

關於所羅門王的神話　～神殿與戒指～

在所羅門還是王子的時候，
他的父親規劃要建造一座宏偉華麗的神殿，
所羅門當上國王之後，
神殿終於成功建造完成了。

據說在建造這座神殿時，
天使長米迦勒賜給所羅門具有神力的戒指，
讓他擁有能夠與各種動物對話的能力。

想要與使魔相處得更加融洽，
重點就在於了解對方的感受，
請好好維護這段攸關命運的緣分。

為大家介紹
魔法世界
魔法房間
神祕的
魔法大道地圖
魔法大道上的商店每天都不一樣喔！讓我來為各位介紹某一天的魔法大道，看看有哪些好玩的地方吧！
某天的
魔法大道地圖
我們通常會約在「噴水池廣場」會合，這個地點不太會改變，所以很適合約在這裡見面。
彩虹色的
棉花糖
超受
歡迎
味道
很多變！
嗯！
真美味！♥
超級美味的棉花糖店！如果碰巧看見這間店，一定要來吃吃看喔！這天正好有花糖試吃活動，真幸運！

Magicalstreet Map
下次和小薰一起去逛的時候又會變成什麼樣子呢？真令人期待！
每一次去都會現驚喜呢！
非常可愛的服飾店！兩人嘗試了對方為自己精心挑選的穿搭喔！
小薰的精心搭配
露歐卡的精心搭配
發現驚喜盒！在三個盒子當中，只有一個盒子裡裝著點心，如果選錯了……
尖叫！
魔法大道上也有路邊攤！這一天看見了「音樂水舞魔法」，裡面的小魚會隨著音樂游動♪真有趣，捨不得離開啦！
還要看多久呀？
再看一下就好！

故事館 074

魔法少女奇遇記 5：迷路的小狗和魔法戒指

ひみつの魔女フレンズ5巻　まいごの子犬と魔法のリング

作　　者　宮下恵茉
繪　　者　子兔
譯　　者　林謹瓊
語文審訂　曾于珊（師大國文系）
責任編輯　陳鳳如
封面設計　張天薪
內頁排版　連紫吟・曹任華

出版發行　采實文化事業股份有限公司
童書行銷　鄒立婕・張敏莉・張文珍
執行副總　張純鐘
業務發行　張世明・林踏欣・林坤蓉・王貞玉
國際版權　劉靜茹
印務採購　曾玉霞
會計行政　許俽瑀・李韶婉・張婕莛
法律顧問　第一國際法律事務所　余淑杏律師
電子信箱　acme@acmebook.com.tw
采實官網　www.acmebook.com.tw
采實臉書　www.facebook.com/acmebook01
采實童書粉絲團　https://www.facebook.com/acmestory/

ISBN　978-626-431-103-8
定　　價　320元
初版一刷　2025 年 9 月
劃撥帳號　50148859
劃撥戶名　采實文化事業股份有限公司
104台北市中山區南京東路二段95號9樓
電話：(02)2511-9798　傳真：(02)2571-3298

國家圖書館出版品預行編目資料

魔法少女奇遇記 . 5, 迷路的小狗和魔法戒指 / 宮下恵茉作 ; 子兔繪 ; 林謹瓊譯 . -- 初版 . -- 臺北市 : 采實文化事業股份有限公司 , 2025.09
192 面 ; 14.8×21 公分 . -- (故事館 ; 74)
譯自 : ひみつの魔女フレンズ . 5 巻 , まいごの子犬と魔法のリング
ISBN 978-626-431-103-8 (平裝)
861.596　　114010770

魔法少女奇遇記

珍藏心意祝福小卡

剪下來，寫上想對朋友說的話，也可以裝飾在手帳或房間裡喔！

← 請小心的剪下來使用喔！

魔法少女奇遇記

珍藏心意
祝福小卡

親愛的　　　　：

　　　　　　敬上

親愛的　　　　：

　　　　　　敬上

→請小心的剪下來使用喔！